ANUNNAKI

Narrativa

176

© 2021 - Gilgamesh Edizioni
Via Giosuè Carducci, 37 - 46041 Asola (MN)
gilgameshedizioni@gmail.com - www.gilgameshedizioni.com
Tel. 0376/1586414

ISBN 978-88-6867-584-4

In copertina: Manuel Baldini, *Iperacusia#1*, 2017.

Video QR: Nova sui prati notturni e Pietro Scarso, AmT, 2020.

Massimo Fontana

ZUMPDAY

Gilgamesh Edizioni

Ferro e luce

Un ricordo sfocato, tanto che un po' dubito sia mio e non un *collage* di sentiti dire e stereotipi. I miei genitori però confermano, più che smentire, pure se è difficile ricordare, anche per loro.

Un ventuno luglio fine Sessanta, appena dopo cena.

Avevo meno di tre anni e scorrazzavo su e giù per la terrazza del nostro appartamento in affitto, al terzo piano di un condominio in via Cantore, quartiere Ferrovieri, Vicenza.

Mio fratello aveva poco più di un anno e chissà dov'era, magari a pisolare da qualche parte in salotto, con mio padre e mia madre lì vicini, occhi incollati alla televisione.

L'immagine un lento oscillare su un deserto bianco, non di questo pianeta, che dallo schermo irradiava tutta la stanza, sino a catturare la mia curiosità attraverso le tende e fuori.

Cosicché la mia attenzione era diretta a diverse cose. L'audio del televisore e le voci a un certo momento concitate, la luce del sole verso il tramonto, quella dello schermo fattasi più scura con sagome che scendevano lentamente una scala, in goffe tute bianche.

L'altezza del terzo piano, impressionante per un bimbo di tre anni appoggiato alla ringhiera del terrazzo.

Ma non si distoglie lo sguardo.

A cosa serviva, poi, un ragno di metallo scuro appeso al muro, in bella vista sopra la porta della cucina (che pure quella dava sul terrazzo)?

Mi pareva di volare via come un palloncino bianco che sfugge alla presa. Cosa stava succedendo?

In salotto si mangiava solo la domenica, quando mia madre preparava ogni volta tortellini in brodo, carne lessa, purè di patate. Era un ambiente con mobili scuri e librerie con libri solo da guardare e che erano lì per scoraggiarti. In mezzo al mobile ci stava la televisione, già padrona dell'ambiente.

In quel salotto, credo dopo un paio d'anni, mi ritrovai a vedere il mio primo telefilm di fantascienza intitolato UFO, senza tanti giri di parole.

Curiosamente, l'appuntamento settimanale col mio telefilm cadeva la domenica, mi pare dopo pranzo, sicché mi rimane questo ricordo di tortellini in brodo e liquido verde all'interno dei caschi degli alieni, che evidentemente non respiravano ossigeno ma una brodaglia improbabile.

A introdurre i due brodi era l'andata e ritorno in chiesa la domenica, in abiti di materiale rigorosamente peggio che autarchico, con i tessuti sintetici dei pantaloni e dei maglioni che producevano scintille per sfregamenti.

La chiesa, in stile architettura conciliare, stava sopra una collinetta che più artificiale non si poteva.

Struttura a poligono e campanile centrale.

Non ricordo campane però, la domenica suonavano attraverso la messa in onda di una registrazione, una specie di disco usurato. E anzi, proprio un vinile. Sentivi il fruscio della puntina e qualche inesorabile saltello.

Probabile che molti ragazzini uscissero dal seminato elaborando quel suono sacro in un modo diverso da quello dei loro coetanei nei paesi di campagna, dove le campane della chiesa ti spaccavano le orecchie se eri vicino e non suonavano per nulla accomodanti. Quei rintocchi ovattati, attraverso il medium del vinile, arrivavano alla percezione come *Warszawa* di David Bowie, che di lì a qualche anno sarebbe stata concepita, specialmente nelle giornate in cui il cielo era bianco.

All'interno, il pavimento in marmo scuro mi sembrava la cosa più liscia che avessi mai visto, più del ghiaccio. Poi pareti bianche rugose e vetrate appariscenti.

Abbondanza di grigio, come per i capannoni industriali e forme che ricordavano astronavi spaziali. Queste astronavi, a volte, avevano degli oblò in plastica trasparente al posto delle finestre.

Non di rado l'altare, al primo colpo d'occhio, entrando, si perdeva, come se le astrazioni in cemento armato lo soffocassero.

Non c'era armonia tra il luogo del dio che si fa carne, calpestando terra e polvere, e le mura che ospitavano quell'evento, blindando un'architettura pronta a proiettarsi ed entrare nell'orbita di Saturno.

Soffitto alto e altare spoglio, posto quasi al centro di una struttura che quando c'eri dentro, più che poligonale, sembrava rotonda.

Il tabernacolo e poche altre forme di ferro battuto erano le uniche concessioni a qualcosa di ornato, lavorato, anche se nello stile sembravano incisioni rupestri.

Non c'era alcuna gradualità, nulla a introdurti attraverso gli oggetti della liturgia. Questi ultimi erano ridotti al minimo, corrispondendo a geometrie urticanti, fredde. Le immagini non c'erano, se non talmente stilizzate da inibire ogni consueta associazione d'idee.

Le vetrate m'impressionavano e rimanevo sempre a osservarle incuriosito. Erano larghe circa due metri e alte uno. L'una affiancava l'altra e unite creavano un cerchio che teneva unito quel luogo dall'interno.

Credo rappresentassero scene della passione, con qualche figura ad emergere ogni tanto, ma in pratica erano strisce multiformi e colorate di vetro, regolate da cornici in ferro. Rosse, verdi, gialle, nere, blu.

Colori molto carichi, privi di sfumature.

Le forme che ne uscivano erano ogni volta diverse e poi, via via, con il passare degli anni, con l'abitudine e la messa a fuoco, sempre quelle. Alla fine prendevano fisionomie stabili, un'acquisizione definita e senza chiavi simboliche, senza scampo.

Scrutandole, cercavo comunque di ricavare qualcosa da quelle fessure di luce colorata, alla ricerca di un significato possibile e quest'esercizio mi restituiva un'idea di spiritualità difficile da spiegarsi, ma persuasiva. Una dimensione dell'essere aperta al ferro e alla luce, infine non proprio cristiana.

E il quartiere stesso era delimitato da due estremi.

Da un lato la passerella in ferro, un ponte pedonale che passava sopra le rotaie, la ferrovia; dall'altro l'Arsenale, luogo di lavoro e costruzione di carrozze per treni.

Nella sua estetica, Ferrovieri era una spina arrugginita conficcata nel fianco di una città stancamente consacrata all'armonia del Palladio (e vivacemente alle americanaggini). Spiritualmente accoglieva ogni afflato religioso sotto la categoria del cattolicesimo comunisteggiante, tutto condivisione, chitarre acustiche e livellamento; ma nel segreto degli appartamenti dai muri sottili, in casermoni marrone e verde scuro, si spandeva il fluido della modernità, un brodo dal colore artificiale.

Vi sguazzava gongolante una delle divinità più potenti, in mancanza d'altro: Babbo Natale, del quale è difficile farsi un'idea sensata anche in età prescolastica, a pensarci bene, ma se non ci pensi troppo tutto fila liscio.

Arrivava molto atteso una volta l'anno, attraversando i muri e suscitando attese messianiche venali, per un tornaconto senza ambiguità, senza la scusa della preghiera. Apparizione e dono. Metà Ford e metà Stalin, non per nulla vestito di rosso, forgiava la gioventù a venire all'attesa del tutto per tutti, astrazione scintillante e transumana.

E sempre un ventuno luglio, quattro anni dopo, in concomitanza con il fallimento della sonda sovietica in entrata nell'orbita di Marte, dagli indizi raccolti ero abbastanza certo di poter ricondurre l'omaccione coi regali venuto dal Nord a un nome che usciva e passava tra le labbra di alcuni, non ben scandito, biascicato con un senso di rischio misto trasgressione: Carlo Marz, un essere che presumevo vivesse sul pianeta rosso con i suoi seguaci, i marziani.

Questa mia teoria spiegava molte cose.

Oppure era solo… non so, non sapevo bene, ma ero attento e aspettavo conferme alle mie congetture, che nel frattempo non osavo confidare ad alcuno.

E tornati dalla messa cosmica, sempre andando e venendo a piedi, ecco appunto l'Arsenale, delimitazione del confine accanto casa e allo stesso tempo luogo di lavorio silenzioso e misterioso, quasi inaccessibile. Si sapeva che chi vi lavorava poteva considerarsi destinatario del dono di un'occupazione costante nel tempo e senza scossoni.

Da questo mondo

Le trasmissioni televisive da Capodistria s'erano insinuate all'improvviso a partire dal sei maggio del 1971. Sequenze d'immagini da un mondo attiguo, di confine.

Poi un sei maggio di cinque anni dopo, un giovedì, attraverso un punto dello stesso cono spaziotemporale.

Stavo su TV Koper in compagnia di mio padre, verso le nove di sera, seduti sul divano che d'un tratto iniziò a sobbalzare.

Nella possibilità di perdere la propria forma il casermone sferragliava, ondeggiando. Via l'elettricità, ma vedere non serviva e il sentire copriva tutte le altre percezioni.

TacTacTacTac.TacTacTacTac…

Sequenze di scatti crescevano, sino ad arrestarsi una battuta, per riprendere di nuovo, scandendo un ritmo che non sapevi se causato dalla struttura dell'armadio a muro o della casa stessa e faceva una certa differenza, specialmente al terzo piano.

Un rombo di sottofondo.

Bisognava precipitarsi giù per le scale, tre scalini alla volta col buio.

Il cancelletto d'uscita si apriva con la corrente, che non c'era, e allora serviva uno strattone secco per uscire.

Fuori in strada le prime tracce di umanità ritrovata, condividendo più a gesti che a parole lo stupore di averla scampata bella.

DOCTOR ELEKTRIK

Sempre nei pressi di uno dei confini del quartiere c'era un cavalcavia. Se lo passavi eri libero di proseguire, a destra verso il centro e a sinistra, peggio che peggio, verso San Lazzaro.

Mia zia ci abitava sotto.

Erano case già vecchie, credo costruite dallo stato.

Lì ci lavorava anche *doctor elektrik*, come lo chiamavamo i più grandicelli di noi. *Doctor* aveva circa otto anni più di me, dunque più o meno venti.

Lo conobbi andando qualche volta a giocare a calcio con mio cugino da quelle parti, anche se non stavamo poi lì, perché il ponte, stretto tra due file di case, cancellava il cielo, comprimendo aria e odori.

Passando lo vedevo in una cantina sotto casa di mia zia. Da una finestrella a rete poco più grande di una fessura, lo vedevi industriarsi con circuiti elettrici. Aggiustava radio soprattutto, quindi aveva a che fare con la musica. La mattina studiava non so cosa.

La sua morosa passava quasi ogni giorno di lì.

Un amico mi disse che per certo lui faceva anche esperimenti più importanti, di quelli rischiosi. Allora ero sicuro che questo significasse due cose assieme: elettricità e corpi viventi. Non fosse stato così, non ci saremmo preoccupati.

Io avevo appena acquistato *The Man Machine* dei Kraftwerk e c'era *Spacelab* sul lato B, che girava a meraviglia.

Con la scusa dei Kraftwerk me lo feci amico e di lì a poco *doctor* sostenne che era in grado, attraverso l'energia elettrica, di fare cose.

"Mantenerti vivo", disse.

"Io sono vivo, non sono malato e credo che vivrò ancora".

"Ti sbagli, vivrai massimo altri cinque o sei anni e poi diventerai normale".

A quest'affermazione non osai rispondere, perché non avevo elementi che mi permettessero di capirci. Me ne andai dunque pensoso e lui mi salutò con un sorriso furbo, che mi diede fastidio, perché significava che lui sapeva e io no.

Iniziai dunque a guardarmi intorno con circospezione e capii intanto che non potevo chiedere aiuto ai miei genitori o ai professori a scuola. Ma, molto peggio, ebbi l'impressione di non poter chiedere nemmeno a mio cugino o ai miei amici.

Forse uno di quei vecchi che tornavano avvinazzati dalla partita di bocce con gli occhi fuori dalle orbite, forse uno di loro poteva.

O chissà, magari anche qualcuno dei miei amici… Sì, uno c'era, un ragazzo un paio d'anni più vecchio di me, che si diceva ascoltasse musica strana, "comportamento non tanto normale".

Normale. Ecco!

Con quest'acquisizione tornai da *doctor* qualche giorno dopo, millantando la verosimiglianza dei miei teoremi sul ribellismo, spiegandogli che conoscevo uno poco normale.

"Va bene, però non è detto che il tuo amico ribelle sia quello che credi".

"Ma come!? Lui dice di non essere una pecora nel gregge come tutti... dice proprio così e mi ha spiegato cosa significa: si vede che è vero, perché lui è diverso da tutti!".

"Massimo, tu confondi il concetto di gregge con quello di maggioranza. Non è detto che quello che fanno i più sia da pecore. I greggi sono solitamente abbastanza piccoli e più sono piccoli più sono compatti e autarchici e la difficoltà sta proprio nell'allargarli.

Noi abbiamo un pensiero e tutti pensano, la nostra attività cerebrale produce un sacco di pensieri e questa attività possiamo chiamarla mente, ci siamo?".

"Eh... mi pare di sì".

"Ora, si tratta di fare in modo che ogni singola mente non s'infili in certi mulinelli giocosi e confortevoli, cadendo in un corto circuito che è poi una paralisi. Io cerco, attraverso qualche piccolo impulso elettrico dato con una certa frequenza, di scardinare questi loop, permettendo a una persona di essere normale".

"Normale allora va bene... che delusione!".

"Intendo... normale sul serio! Chi

ostenta normalità non può sapere di che parla. Normale è singolare, che non abdica alle proprie capacità di ragionamento per fare posto a un io artificioso, che nemmeno gli appartiene e che gli evita la fatica di fare esperienza e maturare pensieri propri".

"Sì! Mi puoi ripetere? Ho capito quasi metà…".

A quel punto entrò la sua fidanzata e lo chiamò Victor, anche se lui, per davvero, si chiamava Alessandro. Risero per questo. E perché poi? Mi chiedevo…

Lei aveva una camicetta stretta, capelli neri a caschetto, gonne leggere svolazzanti che già dalla prima volta che l'avevo vista mi aveva fatto sudare, stampandomi un mezzo sorriso stralunato in faccia e cancellando ogni principio di ragionamento.

Dunque quando il *doctor* riprese a parlare persi la prima parte del suo discorso per via del fatto che mi dovevo ripigliare.

"… il caso del cantante rock Lou Reed. Per un puro caso la sua mente si è quasi del tutto liberata attraverso l'elettroshock. Volevano occuparsi di certe sue inclinazioni e trasgressioni rock, ma queste non sono svanite, anzi! Senza volerlo lo liberarono dal problema che ti dicevo. È una mia teoria, mi sono informato sul suo caso".

"Chi è questo Lu rid? È dialetto?"

"No. Lui è uno come i Kraftwerk, che fa musica, vestito spesso di nero invece che di rosso, usa le chitarre e non l'elettronica".

"Ah… sarà noioso allora".

"Tutt'altro, ma il punto non è questo… oppure sì, è anche questo".

"Ma poi come fai a dare le scosse elettriche alle persone?! Le uccidi!".

"Non si tratta di un elettroshock pericoloso e nemmeno proprio di un elettroshock, si tratta di impulsi a bassissima intensità, appena percepibili. Ciò che conta è solo il ritmo, la sequenza giusta".

"Io avrei paura".

Doctor mi sorrise con dolcezza mista compatimento e abbassò la testa ricominciando a lavorare. Faceva così quando non aveva la minima possibilità d'essere creduto.

Era poi anche un invito a cambiare aria.

Dallo stereo intanto usciva una musica piatta con un pianoforte che faceva sempre le stesse note trascinate; poi una copertina bianca con scritto *L'Egitto prima delle sabbie.*

Mi ricordo quella musica perché ci capivo poco, come le parole del *doctor*, che però rimaneva un'autorità per noi e io ero anche riuscito a parlarci.

Radio Varsavia

Grazie alla mia Grundig nera con lettore per musicassette, radio e strane maniglie per maneggiarla, un ammasso di plastica e ferro pesante qualche chilo, conobbi tutti i cantautori italiani, sino all'avvento del compact disc.

E va bene il compact disc, ma non ho mai più ascoltato musica come in quegli anni, attraverso nastri analogici. Con i tasti *rec* e *play* premuti contemporaneamente ci registravo anche qualche pezzo in radio.

Verso il Natale del 1982, la sera, inserivo una cassetta in particolare, bianca, e mi sdraiavo sul letto, prima di cena.

L'arca di Noè di Franco Battiato era l'album più mistico che avessi attraversato ascoltando musica pop o rock. Faceva la differenza per me.

Spegnevo la luce, ma dalla porta socchiusa filtrava quella della cucina e a me serviva il buio invece.

Chiudevo gli occhi, come fosse difficile mentire per i suoni, anche per il suono articolato e ritmato delle parole, quando fluiscono ispirate che sembrano tessere mondi che si allontanano dalla realtà, quando invece la stanno proteggendo dalla messinscena dello *spot*.

In particolare *Radio Varsavia*.

Elettronica bilanciata dal pulsare della sezione ritmica e dal calore emanato dalla voce, che aveva un timbro inaudito. La scala, ascendente. Il testo mi portava in parti diverse del tempo e del pianeta. In Abissinia, a Varsavia, in Cina e di ritorno in Occidente.

"L'ultimo appello è da dimenticare" una frase che nascondeva ciò che sosteneva e, pure legandosi a una verità storica, valeva anche per comprendere meglio *L'arca di Noè*.

Inaugurando una fase solo apparentemente simile a quella precedente, per qualche anno Battiato si tenne su una dimensione elettronica e pop, ma più pessimista, esoterica, intima e in un certo senso divisiva. I giochi di parole della *Voce del padrone* rimasero, assumendo altre sfumature di significato, smarrendo via via l'ironia giocosa.

La copertina mostrava una notte stellata lunare e simboli di specie animali da salvare prima della fine. Evocativa, apocalittica.

Si poteva dire anche iniziatico quell'album, a patto di rimanere in superficie. Di fatto era l'opposto. Tutto il resto del mondo era iniziatico e *L'arca di Noè* un invito a recuperare qualcosa che tutti, ma non proprio tutti, si erano dimenticati.

Pensavo che gli *Orizzonti perduti* e i *Mondi lontanissimi* fossero per chi volesse entrare nell'età adulta senza rinunciare a ogni cosa.

E tutto ciò, non per un riflesso condizionato dal proprio egocentrismo adolescenziale, che trova nel rifiuto l'identità, ma per l'impressione vaga e persistente di avere una buona ragione per conservare alcune delle proprie consapevolezze slegate dal sentire comune.

Il tempo dei tempi

Il nostro pianeta si chiama Terra e compie un movimento di rotazione attorno al proprio asse e uno di rivoluzione attorno al sole.

La rotazione è sempre stata un riferimento per delimitare la durata temporale di un giorno e i nostri orologi si riferiscono a questo movimento. In seguito però, grazie alla tecnologia, ecco orologi sempre più precisi, sino agli orologi atomici.

Gli orologi atomici sono usati in ambiti scientifici sin dal 1949, per via del loro perfetto scandire il tempo. Poi la necessità del funzionamento dilaga e impone il loro uso. In altre parole, diventano il nostro tempo.

Con la ferrea puntualità nasce però un problema, giacché il nostro pianeta continua a ruotare su sé stesso, ma non vuole saperne di andare proprio a tempo, almeno non al tempo dell'intransigente orologio atomico. Di fatto, la Terra si concede qualche irregolarità nella rotazione, mentre questi orologi se ne vanno dritti per la loro strada.

Ecco dunque delle sfasature.

Il tempo segnato dalla rotazione del nostro pianeta non coincide con il tempo assoluto degli orologi atomici e per questo abbiamo una differenza tra tempo terrestre e atomico.

Qual è dunque il nostro tempo?

Pare che gli orologi atomici siano quasi perfetti e tuttavia nessuno si sogna di chiedere al pianeta che ci ospita di stare al passo.

Non resta che inventarci un altro tempo, coordinato, che funzioni seguendo il ritmo degli orologi atomici, ma che corra anche parallelo a quello determinato dal movimento della rotazione terrestre, registrando ogni sfasatura e adeguandovisi.

Abbiamo dunque un ente che si occupa di tenere a bada la rotazione terrestre e quando questa perde un colpetto rispetto al tempo assoluto degli orologi atomici, corregge di un secondo il tempo ufficiale, il terzo tempo, una specie di tempo atomico corretto.

Quest'aggiustamento si chiama *secondo intercalare* ed è un espediente tecnico che permette alla differenza tra tempo atomico e tempo determinato della rotazione terrestre di rimanere compresa nell'intervallo tra – 0,9 e + 0,9. Il tutto si concreta introducendo ogni tanto un minuto di 61 secondi al tempo ufficiale, riallineando così i due tempi.

Tutto ciò si verifica abbastanza regolarmente, ogni diciotto mesi (anche se vi possono essere periodi senza aggiustamenti che durano per più anni).

Nel tempo la velocità della rotazione terrestre tende a diminuire, perciò il secondo intercalare corrisponde all'aggiunta di un secondo ma nulla esclude che ci si possa trovare di fronte alla necessità di toglierne uno, introducendo un minuto di 59 secondi anziché di 61.

Non molto tempo dopo, avevo l'impressione che qualcosa stesse cambiando. Mi avvicinavo all'età della ragione.

Un venerdì diciassette giugno Enzo Tortora venne svegliato alle quattro del mattino dai Carabinieri di Roma e arrestato per traffico di stupefacenti e associazione di stampo camorristico. Per trasferirlo in carcere i militari aspettarono che fosse mattina, permettendo così ai giornalisti e ai cameramen di registrare l'evento. Lui faccia incredula e manette ai polsi, l'avresti detto innocente anche solo osservando una sola volta quella foto. Fu allora che conobbi il rancore ottuso, quello che oggi si imputa ai social. "Avrà pur fatto qualcosa se…". "Lo dicevo io!". "Io".

Circa un mese dopo vi fu una ondata di calore notevole, con incendi e vittime. 40

°C a Roma e Parma, 43 °C a Firenze, 47 °C in Sardegna.

In quel 1983 acquistai *Let's Dance* e lo ascoltai con il mio walkman, d'estate, spesso ai bordi di una piscina. La musica era bella, c'erano ritmo dance e una voce calda, in linea con quei nascenti anni Ottanta.

Però qualcosa non tornava, non mi sembrava uno dei soliti cantanti pop. David Bowie era un alieno e volevo sapere da quale pianeta fosse arrivato.

Scopersi che era arrivato da Marte, con dei ragni; almeno questo aveva sostenuto lui, più o meno nei primi Settanta.

E grazie a Bowie entrai in un altro mondo, ma quel mondo era in gran parte passato. Informandomi iniziai a conoscere la sua storia. Da una parte lo scintillante presente, *Let's Dance*, dall'altra il decennio appena trascorso, che avevo attraversato nella fanciullezza e che sembrava nascondermi qualcosa.

Il mio desiderio di conoscere incontrò la mia immaginazione e prese a scorrere fluente, a ritroso, come se ci fosse l'urgenza di tornare, oppure... poteva sembrare una mancata coincidenza con il tempo in cui vivevo. In quella direzione ritrovai pezzi di me.

Come quando incontrai l'album *Diamond Dogs*, del 1974, che inizialmente doveva essere un'opera rock dedicata al romanzo *1984* di Orwell e che poi, visto il diniego della vedova dello scrittore, assunse quel titolo (pure se i temi dell'album rimasero quelli).

Attraverso *Diamond Dogs* giunsi a ricordare delle scritte a caratteri cubitali in una stalla, la propaganda dei maiali, esseri colmi di cibo e ideologia.

Poi la frase, "tutti sono uguali, ma...".

Quel "ma" introduceva qualcosa di impossibile da capire del tutto per un ragazzino che alla fine dei Settanta frequentava le scuole medie, eppure un professore ci fece leggere comunque *Animal Farm* e allora quel "ma" rimase impigliato tra i miei processi cerebrali. Il cerchio si sarebbe chiuso anni dopo.

Eppure, come fai a capire bene una frase che al contempo sostiene e nega lo stesso concetto?

Credo che Orwell vada compreso prima visceralmente, così puoi supporre che per lui il concetto di uguaglianza suonasse anche un po' assurdo. Per chi imbraccia un fucile e spara in nome della libertà, in Catalogna, le parole assumono un valore diverso. In quel modo si capisce che alcuni concetti sono alieni alla vita su questo pianeta. Essi sono funzionali alla propaganda quanto inapplicabili.

La verità sta nella seconda parte della frase: *alcuni sono più uguali degli altri*, laddove, cercando di camuffarne l'esistenza, con l'effetto tragicomico che sappiamo, si finisce per sottolineare la dolorosa necessità di una gerarchia.

Queste però non sono cose che impari all'università, purtroppo e può accadere che anche un "ma" depositatosi nella memoria di un ragazzino diventato poi adulto, ma non troppo, possa dare i suoi frutti. Questo può darsi che l'Orwell di *Animal Farm* lo sapesse.

Discount

Settembre era il mese delle buone intenzioni, quasi quanto gennaio, ma di più. Segnare la data, stare lontano da un pacchetto di sigarette era il proposito che non raggiungeva più la settimana, tenerne conto una minestrina alla Zeno Cosini, un limite troppo marcato per liberarti dal desiderio d'infrangerlo.

Pensavo in fila alla cassa del discount. Non s'incrociavano conoscenze e parentele, appartenenti alla conventicola delle vite serenamente blindate. Meglio così, chi avrebbe retto più a sentirsi rivolgere la domanda: "Come stai?".

Se eri fra quelli che alla domanda "Come stai?" rispondeva con automatico distacco, registrando lo spazio residuo tra la tua risposta e la verità, allora eri anche tra quelli che si potevano chiedere com'era potuto accadere che ci si fosse tuffati, per galleggiarvi, in quel brodo amniotico-primordiale.

E me lo chiedevo davanti alla cassa, ed era solo per quello che prendevo sul serio ciò che pensavo.

Occhi fissi sul nastro mobile.

In quei discount tutto suonava triste e rimpiangevo il cazzeggio ai primi prototipi di centri commerciali. Se ti capitava di stare con un pacchetto di patatine alla cassa, davanti due consumatori con quaranta mesti involucri, non ti facevano passare neanche a pagarli. Facevano finta di nulla, non ti si rivolgevano nemmeno per sbaglio.

E attenzione alla promozione: due bottiglie d'acqua brillante in promozione a 2.400 lire con giusto 2.500 lire nel portafoglio.

Aspettavo impaziente il mio turno in fila e qualcuno più indietro, con cinque persone davanti, stava in posizione per pagare, proteso verso l'uscita, soldi in mano e conti fatti. Allora mi dicevo che un'altra volta avrei preso il portafoglio dalla tasca e pagato quando mi si presentava lo scontrino, una buona pratica per sfuggire all'angoscia del controllo.

Tra i pensieri se ne incuneava uno che mi

faceva sentire in imbarazzo e mi mettevo a canticchiare per tre secondi, arginando l'indecenza che volevo esorcizzare. Una volta smesso m'imbarazzavo anche d'aver cantato. Sapevo che sarebbe tornato a farmi visita, ma per ora se n'era andato.

Via finalmente, a lunghi passi verso la porta scorrevole che non si apriva. Indietreggiavo e ripartivo lento, non avevo sempre un buon rapporto con le porte scorrevoli, tarate su una velocità standard che per indole o mal celato senso del bastian contrario non rispettavo molto. Forse l'insofferenza luddista per cose che funzionano e si muovono senza esitazione. Per ottenere un lasciapassare da certi modelli di porte comandate elettronicamente, bisognava avere un'andatura standard e sentirsi in sincrono con il congegno.

Fortunatamente erano solo due bottiglie. Quelle nuove borse di carta non servivano e se non eri veloce a salire in auto si laceravano lasciando cadere i tesori del discount.

Poi un po' di sole.

Non sapevo gli altri, ma con tutte quelle versioni di polveri sottili, piogge rosse, acide e pulviscoli in circolazione l'unica cosa che andava rischiarandosi giorno per giorno era il cielo stellato e soleggiato sopra di noi. La roba dentro era intorpidita di brutto e avrebbero voluto darmi a bere il contrario, anziché acqua brillante, di coscienze cristalline che si ergevano a paladine del cielo opaco.

A forza d'occuparci della psiche, avevamo un risultato.

E via in automobile... per brevi movimenti, sempre quelli. Sterzo, cambio, freni, acceleratore, frizione. Musica, frusciare delle gomme sull'asfalto e via, ognuno per la propria strada che, fosse stata anche la mia, non ci saremmo parlati comunque. Se possibile nemmeno ci saremmo lanciati uno sguardo, chiusi in scatole di latta. Niente di meglio. Processioni di pensieri schizzavano tra curve, rettilinei e le prime sperimentali rotatorie (quelle piccole inutili, da passarci sopra).

Superato il negozio di autoricambi sulla sinistra c'era una lieve discesa e procedevo imboccando via Sigmund Freud, geniale fondatore di non so bene cosa, accostando a sinistra nel piazzaletto con un pensiero fisso che mi premeva.

Da tutto il giorno cercavo di ricostruire un sogno fatto durante la notte, ma mi mancava un pezzo e non sapevo dove cercarlo, come quando lasci le chiavi sopra lì prima di uscire di casa e trenta secondi dopo non le trovi.

Ad ogni modo mi servivano ancora soldi e volendo entrare in banca rimanevo a pensare al bottone da premere per aprire il portale delle meraviglie.

Quello verde, quello blu, quello nero...

Quegli aggeggi di porte sicure si aprivano ogni volta in modi diversi. Invidiavo Edipo, che alla soluzione dell'enigma vinceva qualcosa (comprese due tonnellate di sventura inverosimile, selezionate per lui).

Intrappolato tra una porta e l'altra, se non ero nella sede abituale mi scrutavano da lontano, cercando di carpire cattive intenzioni. Ed ecco che assumevo un'aria rassicurante, impresa improbabile.

Come Alì Babà non mi sentivo sicuro, ma diversamente da lui sapevo che coloro che temevo mi aspettavano sorridenti.

Più di rado, per entrare, mi era capitata una vera e propria porta girevole, di quelle che trovi anche negli hotel. In quei casi giravi un po', come un sufi lievemente rintronato. Altro che cattive intenzioni! Andava tutto alla rovescia, tanto che mi toccava chiedere il favore di lasciarmi un po' dei miei soldi. Una brutta frase persino a buttarla lì in una conversazione, figurarsi ad attribuirgli un significato minimo.

Alla fine via anche da quel postaccio, ma non prima d'aver ingaggiato una mesta battaglia con il telecomando della chiusura centralizzata della mia Fiat.

La malefica banalità di funzionare senza pensare, esitare, scegliere di fare e non fare non è mai abbastanza temuta. Eppure, quello che chiedevo a me stesso a un certo punto era di funzionare senza tanto stare lì a pensarci.

Tour de France

Per alcune sere, durante l'agosto del 2003, scelsi occhiali da sole, giardino, sdraio, granita all'amarena e *Tour de France* dei Kraftwerk in cuffia per rinfrescarmi dopo la mia attività di smercio tessuti.

A tratti mi pareva di sentirci gli Underworld, più che i Kraftwerk. Suono pulito e cadenzato come il respiro dell'atleta che sfida l'Izoard o sfrecciante discese spericolate. Non sembravano né quelli di *Autobahn,* né quelli di *The Man Machine.* Che fossero il ciclismo e la lingua francese?

Nel 1983 Hütter ebbe un incidente in bicicletta ed entrò in coma, rimanendoci per alcuni giorni; appena riavutosi, chiese della propria bicicletta.

Ma insomma… nell'insieme tutto suonava ancora più accessibile in *Tour de France,* con meno pathos.

Di bello c'era che la musica dei Kraft-werk mi svuotava comunque il cervello come poche.

Perché poi?

La techno, per dire, non mi faceva lo stesso effetto.

In passato, a vederli con quelle camicie rosse in veste di manichini-robot, ci si con-fondeva, perché non era facile distinguervi l'ironia di una critica a una società folle-mente tecnologica, tanto sembrava palese l'entusiasmo del gruppo per gli aggeggi elettronici. Balzava agli occhi, prima che alle orecchie, una piena partecipazione.

Ma è forse proprio questo. Al computer ti avvicinavi per lavoro o per fare qualcosa, rischiando poi di rimanerci intrappolato, confondendo il mezzo con il fine. Alla mu-sica dei Kraftwerk ti avvicinavi per origliare il futuro e senza inganno ti era concesso.

Niente simbologia, niente ironia. Quello che vedi, quello che senti, è quello che è.

Poi, a un certo punto, di solito verso le otto di sera, sfrecciava uno sciame di ciclisti provenienti da qualche ora di allenamento. Li sentivi sfilare, li guardavi ed erano già spariti. In dissolvenza il frullare dei raggi che tagliuzzavano l'aria e il fruscio delle gomme sull'asfalto arroventato.

Era il segnale che dovevo alzarmi, salire, pensare alla cena. Anche perché il caldo si faceva meno opprimente e l'aria iniziava a muoversi a quell'ora.

Viva Lou Reed

Ascolto con piacere il triplo cofanetto di Lou Reed, *New York*, album in origine uscito nel 1989, mi muove dei ricordi.

Mi piace Lou Reed, aveva un talento cristallino nel mettere in fila tre accordi e parole non banali, con una cadenza geniale. Voce fascinosa.

Se esistesse un archetipo del rock, per me sarebbe lui.

Molti punk si vantavano di non saper suonare, esibendo e passando all'incasso per questo, Lou Reed non sapeva suonare meglio di così la chitarra, ma con i mezzi che aveva ci regalava molto. Per questo lui e il punk li sento distanti.

In Lou Reed c'è un mondo intero da esprimere e pochi mezzi per farlo, sviluppando a poco a poco una propria tecnica (ascoltare il minuto abbondante di *Endless*

Cycle nel terzo CD del cofanetto). Questo assomiglia più al blues delle origini che alla provocazione cinica e avanguardistica di certa musica rock.

Non che in Lou Reed mancassero provocazione e sarcasmo... ma vi ho sempre sentito di più.

New York l'avevo acquistato appena uscito, in quel lontano 1989, anno difficile da dimenticare, anche per quello che accadeva a Berlino e soprattutto perché avevo poco più di vent'anni.

In quel periodo avevo accettato la proposta del mio amico Domenico di formare un gruppo per fare cover dei Velvet, si chiamava Odica Operation. Io e lui avevamo fatto un corso accelerato di chitarra, da zero a zero virgola qualcosa, giusto per "saper fare" quei tre accordi (di più è jazz). E il primo e unico concerto fu appunto in un locale più che altro jazz a Verona. Al basso e alla batteria due musicisti molto bravi, noi tremendi (soprattutto io), tutta passione e trasporto e niente tecnica.

Io facevo qualche arpeggio e imparavo a divagare col distorsore (ascoltavo *Daydream Nation* del resto). Avevamo dunque riempito e svuotato il locale con una *Sister Ray* prolissa, improbabile, interessante. Così stavamo poco prima che arrivasse *New York* di Lou Reed.

Erano anni in cui pareva che i grandi vecchi della musica che avevamo amato, Iggy Pop, Brian Eno, John Cale, ecc. potessero tornare in uno stato di grazia (c'era anche il primo dei Tim Machine, ma Bowie all'epoca era perso da qualche parte). Non so se fosse proprio così, ma anche a me piaceva pensarlo.

Poi ascoltavo The Jesus and Mary Chain, ma sinceramente non è che li prendessi proprio sul serio. Ricordo che camminavo da solo per il centro di Vicenza evitando Corso Palladio, con in cuffia *Dime Store Mystery* e i brani più lenti di quell'album (in un autunno ancora nebbioso), ma era una rottura di scatole mandare avanti il nastro della cassetta per saltare i brani che non mi piacevano, non come adesso... e allora lo ascoltavo tutto. Meglio così, perché riascoltandolo oggi apprezzo di più *Hold On* (compresa la versione alternativa proposta nel cofanetto) e tutte le chitarre sparate, anche se preferivo Robert Quine al comunque bravo Mike Rathke. La New York di Lou Reed era però diversa da quella cantata coi Velvet e io da Vicenza mi figuravo ancora quella, non avendola vissuta mai; pure se avevo l'impressione che all'inizio Lou Reed stesse a New York anche pensando all'Europa, alla cultura europea, e che questo lo rendesse un po' alieno alla propria di cultura e capace di estraniarvisi per raccontarla. In questo magari gli giovava la compagnia di John Cale e Nico.

Il Lou Reed dell'album *New York* era mosso da un'urgenza nella descrizione della vita sempre malfamata di New York, da un distacco quasi politicamente interessato (pure se il "quasi" è fondamentale). In un pezzo di quell'album si citava anche Bono Vox come compagno di viaggio... Solo che Bono Vox certe cose le aveva sempre sapute fare bene, erano e credo siano il suo pane, impegno sociale e rock. Per Lou Reed certo era diverso, ma immagino che lui si fosse invaghito di questa prospettiva.

Musicalmente *New York* proponeva un Lou Reed quasi tradizionalista, abbastanza alieno alla sperimentazione dei Velvet.

Si tratta di un bel lavoro, ma secondo me

non di un capolavoro qual è invece *The Raven*, per esempio, che senza mediazioni straborda e sconfina tra candore e lordure, luce e oscurità.

Quest'album piacque molto in Europa mi pare, credo anche per il fatto che proponeva un personaggio rischioso come Reed in veste leggermente corretta, pane per recensori di carta.

Ed ecco gli assoli melodici dell'indignata *Strawman*. Dal cappellaccio di paglia dello spacciatore, alla denuncia dell'uomo di paglia.

Non c'è traccia dell'osservazione lucida e crudele di *The Gun* in *The Blue Mask*, album uscito solo sette anni prima che sembrano settanta, del Lou Reed che accetta di essere una stella nera.

Era giusto che Lou Reed si concedesse anche quest'album, come il seguente *Magic and Loss*, perché completano una carriera meravigliosa.

Apprezzo *New York* e a maggior ragione il cofanetto celebrativo, con un secondo CD live e un terzo CD con versioni inedite dei brani, ancora live e un inedito strumentale. Mi piace e dispiace.

Mi dispiace un po' per le ragioni che ho detto, mi piace per le ragioni che ho detto, forse perché devo alternare un po' più di luce alle tenebre.

Quello che mi convince di più di questa riedizione è la parte live, il secondo CD.

C'ero anch'io a Milano in quel 1989, per il suo concerto e mi ero comperato anche il VHS del tour.

Ce ne sono stati di suoi live piatti e atoni, quasi sprezzanti, ma quel Lou Reed dal vivo invece c'era più che nell'album. Coinvolgenti le interpretazioni. Voce, basso, batteria, due chitarre e via.

Forse quel distacco arrabbiato, anziché appesantire, dona una vitalità inedita e necessaria a questo *New York*. Chissà... Viva Lou Reed.

Il faro

La sera avevo bevuto un po' troppo a una cena di vecchi amici. Anzi, più che vecchi, i soliti amici, che però rivedevo una volta l'anno, non di più.

Alcuni se n'erano andati lontano, altre città, altre regioni, alcuni erano ancora vicini, ma cambiava poco. Sorprendente come ci si potesse vedere di rado in giro, pur non vivendo lontani, però era così.

La fortuna l'avevo avuta a tornare a casa alle due di notte senza imbattermi in pattuglie della polizia, di quelle smaniose di misurarti l'alcool nel sangue. Fortuna, sì.

E iniziava a tormentarmi il rammarico di aver alzato un po' il gomito e con la spiacevole sensazione di aver sbrodolato parole. Cioè, a dirla tutta, non ero certo nemmeno della mia incontinenza verbale e questo mi pareva anche peggio.

Dopo che uno ci ha messo quasi una vita a cogliere il punto, a usare meno parole, a dosarle con precisione, ecco che un bicchiere di birra in più mette le cose a posto.

E tornavo a casa pensando questo e mi coricavo ancora mezzo vestito pensando questo, consapevole, avvinto dal buon proposito di starmene il più possibile a casa, che è il segno della vecchiaia, che è il segno del non voler rogne, che è il segno del dovermi fare i cavoli miei prima che gli altri i loro.

Staccai il riscaldamento, nonostante dicembre, e mi stesi a letto al buio aspettando il sonno. Accesi la televisione e la spensi due o tre volte, uguale per lo smartphone. Qualche bicchier d'acqua. Quando già mi preparavo a rialzarmi, vinto dalla probabile notte insonne, ecco i primi segnali di distensione. Iniziava quell'involontario processo che mi avrebbe portato a dormire, in una dimensione di sonno profondo e imperturbabile, senza scossoni sino al mattino.

La mattina mi destai osservando la sveglia sopra al comodino segnare le dieci passate da un po'.

Un'ora non abituale per alzarmi, ma essendomi addormentato quasi alle quattro e a quel modo, non mi preoccupai minimamente. Spinsi il pulsante vicino al letto per accendere la luce e mi accorsi che non funzionava.

A tentoni mi alzai per andare intanto ad aprire il balcone della mia camera e quando lo feci mi accorsi che era buio, di un buio pesto, certamente dovuto a un *black out* generale.

Lì per lì pensai alla mia sbadataggine in materia di avvisi, burocrazia, modalità, ecc. Certamente qualcosa era arrivato e me n'ero dimenticato. Oppure avevano attaccato in giro per il paese quegli avvisi, a mo' di manifesti, per rendere nota l'interruzione della corrente elettrica e io non li avevo visti.

Andai a verificare, sempre a tentoni, che il pulsante del contattore fosse posizionato correttamente, e lo era. Nel verificarlo ebbi la sensazione che per un secondo fosse balenata una luce dall'esterno.

Dunque mi diressi verso la finestra della cucina, che dava sulla strada principale del paese, quella che dal centro conduce alla zona industriale.

Notai due cose.

In mancanza di luce, assonnato, non l'avevo compreso, ma molte persone stavano percorrendo a piedi la strada principale, nella direzione opposta al centro.

Il semaforo in fondo spento, come tutto il resto.

E soprattutto, faceva buio, ed erano oramai le undici di mattina. Scrutai meglio il cielo e notai che non era sereno ma completamente coperto, non si distingueva nemmeno una stella, nemmeno la Luna.

Presi il cappotto, scesi le scale e mi diressi in strada, dove iniziai a chiedere notizie. Tutti ne sapevano quanto me, nulla. Il cielo rimaneva fuligginoso e lo percepivi assottigliato, basso che sembrava comprimere e togliere il fiato.

Si stava formando un lungo serpentone di persone in cammino. Giovani, vecchi, bimbi, tutti quanti. La direzione era la periferia, verso la zona artigianale e industriale del paese e capii perché.

Da lontano e a intermittenza lentissima, diciamo una pulsazione ogni dieci secondi, lampeggiava una luce, una luce posta abbastanza in alto, non si capiva generata in che modo e da chi.

Mi resi conto, dopo i primi approcci con alcune persone, anche sconosciute, di non avere tutta questa voglia di parlare. Tutti avevamo la necessità di vedere e l'unica cosa davvero funzionante era quella luce intermittente in lontananza.

Insomma, nessuno aveva dubbi sul da farsi e le ipotesi, passati i primi minuti di sconcerto e sorpresa, non interessavano più nessuno.

Strano a dirsi, ma proprio questo silenzio, rotto solo dal rumore delle scarpe sull'asfalto asciutto, non faceva pensare a un branco spaurito e confuso, ma a una moltitudine coesa.

E alla fine sì, si poteva sperimentare una convergenza d'intenti inaspettata sino a qualche ora prima, in cammino.

Nell'avvicinarci scoprimmo che quella luce lampeggiava da un'altezza che se non fossimo stati in un mare d'asfalto poteva essere quella di un faro, l'effetto che produceva era simile.

La fonte di luce poggiava su un perno situato sulla cima di una specie di torre costruita con placche di acciaio dal colore scuro e fissate tra loro. La forma era molto simile a quella dei lampioni che ti immagini in un romanzo o un film ambientato a Londra, ma le dimensioni erano davvero quelle di un faro, dunque anche la funzione.

La luce tuttavia non ruotava, ma pulsava, come per un lentissimo fraseggio morse o per un calcolo binario, con intervalli sempre più espansi. E più rade erano le pulsazioni luminose, più sembravano intense.

La base, molto larga e in metallo scurissimo, quasi nero, era fissata con dei bulloni grossi un pugno. Poi un'incisione tutt'attorno, un fregio, composto da due vocali in sequenza, ma non riuscivo a mettere bene a fuoco questo dettaglio.

Una struttura che evidentemente era stata costruita durante la notte, all'insaputa dell'intero paese.

Ci ritrovammo dunque attorno a quel faro, l'unica luce disponibile nell'arco di chilometri, posto al centro di una grande rotatoria, nei pressi della tangenziale, tra capannoni e magazzini industriali.

Le parole che ci rimanevano si erano diradate approssimandoci alla luce e questo sostare attorno ad essa in silenzio, da parte di centinaia di persone, era l'esperienza più insensata e necessaria alla quale mi fosse capitato di assistere.

Eravamo impazienti per quella luce, attendendo di poterla fissare con lo sguardo. Io la fissavo come tutti senza paura, quasi con un senso di gratitudine. Ci sembrava di sentirci sfiorare da un soffio di calore quando si accendeva.

Iniziai a riaprire gli occhi, la bocca un po' impastata e un ronzio in testa. A ridestarmi era stata la luce sul comodino, accanto al letto. L'avevo lasciata accesa e il suo sostegno snodabile si era lentamente inclinato, abbassato, avvicinando di molto la lampadina alla mia faccia. Non mi ero svegliato subito, ma la luce della lampada e il suo calore avevano comunque interrotto il mio sonno e il mio sogno.

Quella luce era stata il motivo del mio risveglio ma anche la causa del mio sogno. Una causa strana, riflettendoci, posta alla fine della vicenda vissuta nella dimensione onirica. Una causa che aveva determinato una vicenda che si era sviluppata senza sussulti, ma con un fluire speculare al tempo di veglia. Di fatto, un tempo che procedeva rovesciato.

AMT

La seconda fase dell'*ambiente meccanico tripartito* sostituisce il desiderio con un motore perpetuo dal funzionamento lineare.

Indice